Mélisa Boufedji

Nous, les enfants de 1987

De la naissance à l'âge adulte

Éditions Wartberg

Mentions légales

Crédits photographiques :

Archives personnelles, p. 4-6, 9-10, 12, 17-20, 22, 24, 26-27, 30-35, 38, 40-41, 43h, 44b, 47, 53-54, 60, 63h.
© Nokia, 43b.
© Picture-alliance / dpa, p. 42, 46, 57 ; Picture-alliance / Photoshot, p. 7 ;
Picture-alliance / maxppp, p.14 ; Picture-alliance / dpa - Report, p. 15, 44h ;
Picture-alliance / dpa / epa-Bildfunk, p. 25, 59, 61 ;
Picture-alliance / Alex Urosevic / iPhoto.ca / Newscom, p. 29 ;Picture-alliance / empics, p. 36 ;
Picture-alliance / dpa - Fotoreport, p. 37, 62 ; Picture-alliance / Offside, p. 45 ;
Picture-alliance / united archives, p. 48 ; Picture-alliance / Fotoreport, p. 49 ;
Picture-alliance / Vanessa Munoz, p. 51 ; Picture-alliance / dpa / dpaweb, p. 55.
© Ullstein bild – Christian Bach, p. 11 ; Ullstein bild – Spiegl, p. 13 ; Ullstein bild – dpa, p. 21 ;
Ullstein bild – Wegner, p. 23 ; Ullstein bild – united archives, p. 39, 63b ;
Ullstein bild – Schicke, p. 52 ; Ullstein bild – Schellhorn, p. 56 ; Ullstein bild – Markus Matzel, p. 58.
© Carlos Gayoso / Roger-Viollet, p. 8.

Nous remercions tous les ayants droit pour leur aimable autorisation de reproduction.
Dans le cas où l'un d'eux n'aurait pu être joint, une provision de droits est prévue.

2e édition, 2013

© Éditions Wartberg
40, rue de l'Échiquier
75010 Paris

Un département de Wartberg Verlag GmbH & Co. KG.
Im Wiesental 1
34281 Gudensberg-Gleichen
Allemagne

Conception graphique : Ravenstein & partenaires, Verden.
Imprimé en Allemagne sur les presses de Thiele & Schwarz, Kassel.

ISBN : 978-3-8313-2587-0

Préface

Chers enfants de 1987,

Nous sommes ceux que l'on appelle les « Digital Natives », nés une manette de console dans la main, des écouteurs en mousse dans les oreilles, un écran de télévision devant les yeux. Ceux qui ont eu en poche un téléphone portable dès les premières heures du collège, et pour qui MSN a remplacé les petits mots doux rédigés sur papier au lycée. Pour potasser les épreuves du bac, Wikipédia était déjà là. Notre croissance a eu lieu parallèlement à celle des nouvelles technologies.

La génération Y, c'est nous ! « Y » pour la forme que prennent les écouteurs de notre baladeur à cassettes, devenu Discman puis MP3, lorsqu'ils sont vissés dans nos oreilles. Enfants, nous avons connu nos premiers émois musicaux avec le rappeur MC Solaar, l'as de trèfle qui piqua notre cœur. Préados, les saltos arrière des 2Be3 et le *girl power* des Spice Girls nous rendirent hystériques. Mais « Y », surtout, pour la lettre prononcée en anglais « why », autrement dit « pourquoi ? ».

Nous sommes une génération de *screenagers* envahis par les écrans et la surabondance d'informations, partout, tout le temps. Les grands événements qui ont marqué notre génération, les attentats du 11 septembre, le choc de l'élection présidentielle de 2002 ou la guerre en Irak, nous avons l'impression de les avoir vécus de façon démultipliée. Ils nous ont envahis jusqu'à la nausée, ont été traités sous tous les angles, par toutes les chaînes, par tous les médias. Alors, pris dans ce tourbillon d'actualités, nous avons appris à développer très jeunes un esprit critique. Et à toujours tout remettre en question. Génération « Why »...

Lorsqu'une fois adolescents, on nous a répété qu'un diplôme ne garantissait plus de trouver un travail, cela ne nous a pas refroidis ! Car comme Cédric Klapisch le montre dans *L'Auberge espagnole*, film qui nous a fait rêver, notre génération ne se définit plus par la recherche d'une carrière, mais par la recherche de soi. C'est avec cette idée en tête que nous avons pris notre envol dans un monde que nous avons vu changer radicalement, pour y relever tous les défis !

Boufedji

Mélissa Boufedji

Bébé de toutes les révolutions !

Sans doute déjà fascinée par un écran de télé.

Gla gla !

Me voilà ! Le printemps n'a que quelques jours quand je pointe le bout de mon nez, dans une maternité de la capitale des Flandres où il fait encore bien froid. À mes côtés, Julie, Aurélie, Julien et Nicolas se disputent le podium des prénoms les plus fréquemment attribués en 1987.

À l'époque, près d'une femme en âge de procréer sur deux prend la pilule. L'indice de fécondité est en

Chronologie

21 février 1987
Les principaux membres d'Action directe, Jean-Marc Rouillan, Nathalie Ménigon, Joëlle Aubron et Georges Cipriani, sont arrêtés dans une ferme du Loiret, à Vitry-aux-Loge.

3 mai 1987
Dalida se suicide à l'âge de 54 ans.

11 juillet 1987
Le cap des 5 milliards de Terriens est franchi.

29 août 1987
Madonna donne un gigantesque concert dans le parc de Sceaux (Hauts-de-Seine), devant 130 000 fans, dont le Premier ministre Jacques Chirac.

13 septembre 1987
Jean-Marie Le Pen fait polémique en qualifiant les chambres à gaz de « point de détail de l'histoire de la seconde guerre mondiale ».

22 avril 1988
Après l'attaque d'une gendarmerie d'Ouvéa (Nouvelle-Calédonie) par des indépendantistes kanaks, 16 gendarmes sont retenus dans une grotte jusqu'à l'assaut des unités d'élite venues de métropole, le 5 mai. Le bilan de cet épisode sanglant est de 25 morts.

4 mai 1988
Jean-Paul Kaufman, Marcel Carton et Marcel Fontaine, les otages français retenus au Liban, sont libérés après trois ans de captivité.

8 novembre 1988
Georges Bush père devient le 41e président des États-Unis.

30 novembre 1988
Création du RMI (revenu minimum d'insertion) qui restera en vigueur jusqu'à son remplacement par le RSA en 2009.

21 décembre 1988
270 personnes meurent dans l'explosion d'un Boeing qui effectuait la liaison Londres-New York, au-dessus du village écossais de Lockerbie. L'attentat est attribué à des terroristes libyens.

15 avril 1989
Début des manifestations de la place Tian'anmen (Pékin). Elles seront réprimées dans le sang par l'armée le 5 mai.

9 novembre 1989
Chute du mur de Berlin.

8-17 novembre 1989
Révolution de Velours en Tchécoslovaquie.

20 novembre 1989
La Convention internationale des droits de l'enfant est adoptée par l'Onu.

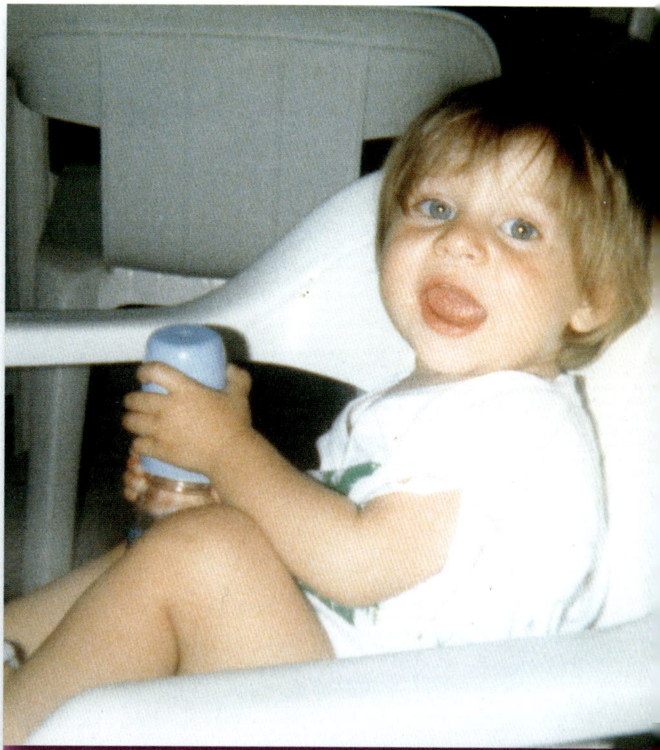

Je n'ai besoin de personne pour boire mon biberon !

chute constante, pour atteindre cette année-là 1,83 : un record absolu ! Avoir un enfant, c'est donc désormais *vouloir* un enfant. Avec deux fils de 5 et 9 ans scotchés à leur console de jeux Master-system (en attendant la révolutionnaire Nes de Nintendo, à l'automne), ma mère a déjà de quoi s'occuper. Elle attend pourtant sa première fille – enfin ! – avec la même impatience que les Français les beaux jours. Une terrible vague de froid vient en effet d'envahir l'Europe : -12 °C à Paris en janvier, et jusqu'à -33 °C dans les Alpes. On mobilisera même les effectifs militaires dans les régions les plus touchées par la neige.

Mais si le pays est paralysé, ce n'est pas seulement par les intempéries. L'année s'est en effet ouverte dans un contexte de vives tensions sociales. La SNCF, EDF et la RATP, mais aussi les PTT, sont en grève. Leurs principales revendications portent sur l'amélioration des conditions de travail et la revalorisation des salaires. La politique de rigueur instaurée par le gouvernement RPR ne passe pas, mais celui-ci refuse de plier.

Prendre la pose sans que bébé tombe.

À Noël, alors que je donne des coups de pieds impatients dans le ventre de ma mère, la gare Saint-Charles de Marseille est complètement bloquée. Au lendemain du réveillon, le Président François Mitterrand, qui passe les fêtes en famille au fort de Brégançon, ira jusqu'à y recevoir une délégation de cheminots. Une manière, pour le Président, de se démarquer de la politique menée par son Premier ministre Jacques Chirac.

Nous naissons en effet dans un contexte politique délicat : une année « entre-deux ». Entre les législatives de 1986 qui ont ouvert la cohabitation entre un président socialiste et un gouvernement RPR, et l'élection présidentielle de 1988 lors de laquelle s'affronteront justement François Mitterrand et Jacques Chirac. Or, ces deux-là entretiennent des relations glaciales.

La reprise générale du travail se fera le 15 janvier, après quatre semaines de grève. Un épisode qui donnera le ton d'une campagne présidentielle riche en rebondissements et définitivement très froide…

Y'a pas que les grands qui rêvent !

Sur un air de saxophone devenu mythique, une jeune fille à la voix mutine fixe la caméra avec ses grands yeux bleus. Elle secoue ses longs cheveux blonds au rythme de la chanson. Debout à côté d'un taxi, noyée dans un large sweat-shirt saumon, Vanessa Paradis fait un carton mondial avec son single Joe le taxi. *À seulement 14 ans, elle est plongée dans le tourbillon de la célébrité. Très vite, elle enchaîne les tubes et les émissions télévisées. D'abord considérée comme un éphémère phénomène de mode, elle remporte à 16 ans la Victoire de la musique de la meilleure interprète, et sort la même année un deuxième album dont toutes les chansons sont signées Serge Gainsbourg. La même année, elle entame une carrière cinématographique très remarquée avec* Noce blanche.
Mais la petite blonde a beau être jeune, dans ses interviews, elle tient déjà un discours très lucide : « À 16 ans, ils vous proposent soit La Boum, *soit des rôles de femmes, et ça c'est pas possible. » Les lignes bougent et plusieurs jeunes tentent de se faire une place dans un milieu qui n'y était pas préparé. À ses côtés, Elsa (13 ans) est la plus jeune artiste à être entrée au Top 50, avec le tube* T'en va pas *et son refrain entêtant : « Nuit tu me fais peur, nuit tu n'en finis pas. » En 1989, Melody atteint les sommets du Top 50 à 12 ans avec* Y'a pas que les grands qui rêvent… *une chanson dont le titre résume bien le phénomène !*

« Joe le taxi, c'est sa vie ».

Une des légendes de nos jeunes années.

Elle a fait un bébé toute seule !

Petite blondinette aux yeux bleus qui fascine ma tribu de bruns, je suis surtout la petite dernière d'une famille très moderne puisque monoparentale. Ma mère est un parfait exemple de ces *superwomen* à la fois chefs de famille et femmes actives qui élèvent seules leurs enfants. On commence alors timidement à dépasser ce tabou. Selon l'Insee, plus de 13 % des familles sont monoparentales en 1990. La même année, près d'une femme sur deux travaille. Le féminisme a fait du chemin !

C'est justement le sujet d'une chanson de Jean-Jacques Goldman sortie l'année de notre naissance : *Elle a fait un bébé toute seule*. « Et elle court toute la journée, elle court de décembre en été, de la nourrice à la baby-sitter », chante-t-il, drôlement inspiré : il s'agira de l'un des plus grands tubes des années 1980 !

Avec l'arrivée d'un socialiste à l'Élysée, les droits des femmes, mais aussi des parents ont connu une évolution sans pareille. On parle alors de « féminisme d'État ». Deux ans avant notre naissance, une loi est votée pour qu'un jeune parent qui cesse toute activité ou travaille à mi-temps puisse bénéficier d'une allocation parentale d'éducation. Ses conditions d'attribution sont assouplies dès 1987, année qui voit également l'autorité parentale conjointe s'appliquer aux personnes divorcées ou vivant en concubinage, une vraie révolution dans les foyers !

Un bébé sponsorisé par Nestlé.

L'enfant roi

Ma mère se désintéresse peu à peu de la politique, devenue combat de coqs télévisuel. Mais face à tant de révolutions sociales, elle envisage un moment d'arrêter de travailler pour s'occuper à temps plein de mes frères et moi. Il faut dire qu'un emploi à temps plein, nous en sommes un ! Sans compter que l'ère du tout-fonctionnel et du tout-prêt des années 1970 commence à s'essouffler.

Mon grand frère, né cinq ans avant moi, engloutissait des tonnes de petits pots Blédina. Moi, je ne mange que des bouillies faites maison : un peu de viande – « parce qu'on peut se le permettre ! », dira ma mère – mixée à des légumes et à du beurre. Baby-boomeuse ayant connu les privations, elle fait de moi un beau bébé bien en chair. Pour mes grands frères, interdiction de ne pas finir son assiette : on ne gaspille rien ! Comme beaucoup de mères de l'époque, elle est adepte du retour au fait-maison et met un point d'honneur à ce que nous consommions des produits frais.

Dans mes petites grenouillères roses, je suis la star de la maison. Mes frères et mon oncle peuvent passer des journées à m'offrir des bisous et à me faire danser sur *Mélissa* de Julien Clerc, tube de l'année de ma conception auquel je dois mon prénom. Ma mère, elle, adore m'emmitoufler dans une combinaison – toujours rose – pour m'emmener au parc en poussette. À chaque fois, mes grands yeux clairs et mes quelques mèches blondes font sensation : je suis un enfant roi !

À peine commencé-je à me redresser en me tenant aux pieds de la table de la cuisine, que le monde se met à chanceler. Le 19 octobre 1987 marque un tournant, un « Lundi noir » où les grandes places financières s'effondrent de façon spectaculaire en quelques heures, rappelant le krach de 1929. Cette onde de choc affaiblira les monnaies. En France où le chômage frappe déjà très fort, on fait grise mine devant ce nouveau coup dur.

À l'international, c'est le temps d'autres premiers pas : ceux, timides, vers la fin de certains conflits, notamment la guerre froide. Ronald Reagan, président des États-Unis, et Mikhaïl Gorbatchev, secrétaire général de l'URSS, ratifient le traité de désarmement des missiles intermédiaires placés en Europe et en Asie. C'est le premier grand traité de désarmement nucléaire. 1988, surnommée « l'année de la paix », voit un certain nombre de conflits régionaux se résoudre. Le monde compte désormais 5 milliards d'êtres humains et s'apprête à traverser de profonds bouleversements ! Pendant ce temps, nous tétons encore paisiblement des biberons de sirop de grenadine…

Ce gâteau n'est-il pas un peu grand pour un enfant d'un an ?

Et soudain, tous les monuments et édifices possibles se couvrent d'immenses préservatifs.

Génération capote

« Il court, il court le sida » : sur une musique lancinante, une voix aiguë chante ces quelques mots. Face caméra, un jeune homme prononce cette phrase devenue célèbre : « Le sida, il ne passera pas par moi. »
En avril 1987, le premier spot de publicité d'État visant à lutter contre le sida apparaît sur les écrans télévisés. S'il alerte sur la maladie, il ne donne encore aucune information sur les moyens de s'en prémunir. En effet, si le préservatif a été promu grand moyen de prévention cette année-là, le sujet est encore tabou. Face à l'urgence de la situation – la France est à l'époque le pays européen le plus touché par la maladie –, des mesures drastiques ne tarderont cependant pas à être appliquées. Désormais, les seringues seront en vente libre dans les pharmacies, la publicité pour le préservatif sera autorisée et des centres de dépistage anonyme et gratuit seront mis en place. Les termes « maladie sexuellement transmissible » ou « préservatif » sont ouvertement prononcés et ne doivent plus faire rougir. Impensable quelques années auparavant !
En 1986, 38,7 millions de préservatifs sont vendus en pharmacie ; en 1987, il s'en écoulera 63,3 millions ! La protection lors des rapports sexuels deviendra un thème récurrent à la télévision et en classe durant toute notre enfance et notre adolescence. « Sortez couverts ! » sera une expression courante. La génération capote, c'est la nôtre…

Un projet social

Ma mère appréhende l'élection présidentielle de 1988 et la nouvelle cure d'austérité qui ira probablement avec. Comme de plus en plus de familles, nous trichons un peu avec des crédits à la consommation pour obtenir un petit bout de rêve : par exemple, une maison de ville avec un coin de jardin. Pour abreuver nos rosiers, ma mère m'offre un petit arrosoir jaune en plastique, qui atteint à peine le tiers de la taille de son arrosoir vert kaki. Mon cadeau à la main, un chapeau sur la tête, je l'accompagne pour prendre soin de nos cultures. Je m'applique particulièrement avec les petites fraises encore vertes. Si jeune et déjà gourmande…

Lorsque je ne joue pas les apprenties paysagistes, je traîne ma peluche Bisounours Grognon partout avec moi et je regarde les images de mes numéros de *Popi* avec beaucoup d'intérêt. Pourtant, les aventures de Léo et sa peluche ne me passionneront réellement que quelques mois plus tard, quand j'y comprendrai enfin quelque chose. Winnie l'ourson, Babar et autres Monsieur Bonhomme sont les autres héros de mon enfance.

Je suis bien loin de réaliser qu'en dehors de ce doux cocon, les années fric ont pris fin et la pauvreté augmente considérablement. En France, face à l'ampleur du chômage, François Mitterrand donne la priorité au projet social. Dans ses vœux de 1988, il insiste sur la solidarité et déclare solennellement devant les Français : « Il ne doit exister ni exclu, ni laissé pour compte. » Mais avec l'urbanisation et l'exode rural, ladite solidarité ne fonctionne plus comme avant. Le terme « exclusion » se banalise.

Mitterrand en 1988.

En 1988, fort de sa réélection – une première pour un président de la Ve République –, François Mitterrand va plus loin. Dès le mois de juin, pour lutter contre la précarisation du travail et l'augmentation du chômage, le revenu minimum d'insertion (RMI), qui concerne 570 000 foyers, voit le jour. Il entrera en application dès décembre 1988. L'impôt sur les grandes fortunes (IGF), abrogé en 1986, renaît sous le nom d'« impôt de solidarité sur la fortune » (ISF) et financera en partie le RMI. Cet impôt concerne de 100 000 à 150 000 contribuables.

Depuis 1965, notamment à cause de la suppression de nombreux emplois industriels, le chômage croît sans qu'aucun gouvernement ne réussisse à l'endiguer. En 1987, il bat un nouveau record avec 2,5 millions de personnes sans emploi. Le RMI est alors accueilli comme une première mesure forte visant à favoriser la réinsertion des personnes sans emploi.

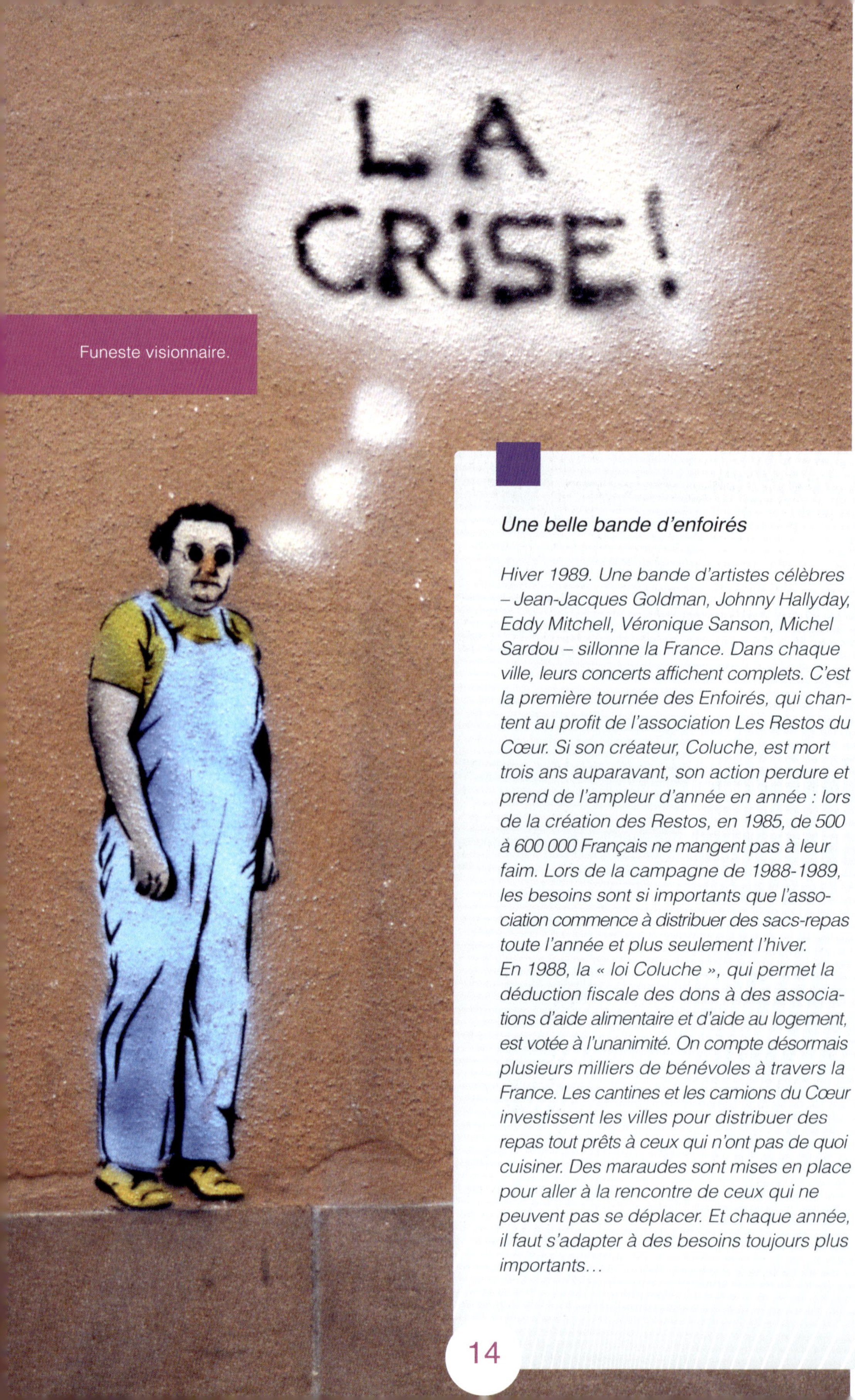

Funeste visionnaire.

Une belle bande d'enfoirés

Hiver 1989. Une bande d'artistes célèbres – Jean-Jacques Goldman, Johnny Hallyday, Eddy Mitchell, Véronique Sanson, Michel Sardou – sillonne la France. Dans chaque ville, leurs concerts affichent complets. C'est la première tournée des Enfoirés, qui chantent au profit de l'association Les Restos du Cœur. Si son créateur, Coluche, est mort trois ans auparavant, son action perdure et prend de l'ampleur d'année en année : lors de la création des Restos, en 1985, de 500 à 600 000 Français ne mangent pas à leur faim. Lors de la campagne de 1988-1989, les besoins sont si importants que l'association commence à distribuer des sacs-repas toute l'année et plus seulement l'hiver.
En 1988, la « loi Coluche », qui permet la déduction fiscale des dons à des associations d'aide alimentaire et d'aide au logement, est votée à l'unanimité. On compte désormais plusieurs milliers de bénévoles à travers la France. Les cantines et les camions du Cœur investissent les villes pour distribuer des repas tout prêts à ceux qui n'ont pas de quoi cuisiner. Des maraudes sont mises en place pour aller à la rencontre de ceux qui ne peuvent pas se déplacer. Et chaque année, il faut s'adapter à des besoins toujours plus importants…

Le mur de la honte s'écroule à Berlin.

La chute

Dans la nuit du 9 au 10 novembre 1989, sous bien des yeux ébahis, le mur de Berlin s'écroule. Reliquat de la seconde guerre mondiale, le « mur de la honte » tombe sous les coups de pioche des habitants qui ouvrent leurs propres points de passage. Chacun empoche un petit bout de mur en souvenir. Ni le gouvernement de la RDA, ni son armée ne bronchent. Le moment appartient au peuple et il est historique. Berlin est à nouveau une ville ouverte !

Les nombreux envoyés spéciaux dépêchés sur place décrivent en direct ces Allemands de l'Est qui, « dans leurs vieilles Trabant, viennent découvrir les joies de l'Ouest pour la première fois depuis vingt-huit ans ». Une scène hallucinante se joue devant les caméras du monde entier : en pleine nuit, Berlin-Ouest est noire de monde. Des passants s'arrêtent devant les vitrines des magasins de vêtements, ou se font offrir des bouteilles de Coca-Cola. Tandis que ma mère regarde ces images sans trop y croire, j'empile paisiblement des cubes Fisher Price. À 2 ans, la portée de l'événement m'échappe encore…

Un effet domino se crée alors en URSS. Bulgarie, Hongrie, Tchécoslovaquie : aucun satellite n'est épargné. La décennie se clôt sur un nouveau monde. Et parfois, l'histoire est faite de coïncidences troublantes : pendant que l'ex-URSS vit la sienne, en France, on célèbre en grande pompe le bicentenaire de la Révolution…

Walkman dans la poche !

C'est l'heure de la conscientisation !

« Mesdames et messieurs attention, je vais vous faire une chanson, le sujet en est ambitieux… En 1990, c'est l'heure de la conscientisation ! » Hauts comme trois pommes, nous dansons déjà devant la télé sur *1990*, le tube du Québécois Jean Leloup. Mais nous ne comprenons pas encore le sens de ces paroles, écrites pour dénoncer la guerre du Golfe. Le 2 août 1990, l'Irak a en effet déclaré la guerre au Koweït : seulement six jours plus tard, le pays est rattaché à la dictature de Saddam Hussein. Malgré les appels de la communauté internationale à régler la crise du Golfe par la diplomatie, les États-Unis ne tarderont pas à réagir. Le 7 août, ils lancent l'opération « Bouclier du désert ». La France mobilisera 19 000 hommes pour participer à la coalition contre l'Irak. Nos parents se voient offrir un nouveau sujet sur lequel débattre entre le fromage et le dessert : la manipulation de l'information et le rôle des médias. On accuse

Chronologie

17 mai 1990
L'Organisation mondiale de la santé retire l'homosexualité de la liste des maladies mentales.

31 août 1990
Le traité de réunification de l'Allemagne est signé.

2 mars 1991
Serge Gainsbourg meurt.

15 mai 1991
Édith Cresson est la première femme à être élue Premier ministre en France. Son mandat durera moins d'un an.

24 septembre 1991
Le groupe de rock Nirvana sort son album *Nevermind*, dont le titre « Smells Like Teen Spirit » fait immédiatement un carton.

14 novembre 1991
Le prix Nobel de la paix est attribué à la prisonnière d'opinion birmane Aung San Suu Kyi. Assignée à résidence à Rangoon, elle ne peut le recevoir.

9 décembre 1991
Lech Walesa, dirigeant du syndicat Solidarnosc, est élu président de la Pologne lors d'élections libres.

12 avril 1992
Le parc d'attractions Eurodisney ouvre ses portes à Marne-la-Vallée, en région parisienne.

29 avril 1992
Aux États-Unis, après l'acquittement de quatre policiers blancs accusés d'avoir passé à tabac un automobiliste noir, de sanglantes émeutes font 55 morts et environ 2 300 blessés en cinq jours, dans la ville de Los Angeles.

5 mai 1992
Lors de la demi-finale de la Coupe de France de football, une tribune du stade de Furiani (Corse) s'affaisse brutalement, faisant 18 morts et plus de 2 300 blessés.

1er juillet 1992
Le permis de conduire à points est introduit en France.

5 décembre 1992
Bernard Kouchner arrive à Mogadiscio (Somalie) avec un sac de riz sur l'épaule. Le ministre de la Santé vient de lancer l'opération Du riz pour la Somalie, un pays en proie à la guerre civile.

Déjà très douée pour repousser les avances des garçons.

les journaux télévisés de diffuser de fausses informations. Et lorsqu'en mars 1991, un cessez-le-feu est proclamé, les dégâts sont déjà là : outre le bilan humain, la crise de confiance envers les médias, désormais omniprésents, est déjà profonde.

En vacances in-co-gni-to !

Zut, j'étais à deux doigts de réussir à m'échapper !

Mais pour nous, la conscientisation n'est pas encore à l'ordre du jour, loin s'en faut ! C'est l'heure des premiers pas à l'école maternelle. Comme près de 35 % des enfants de ma génération, contre 26 % en 1975, j'entre à l'école à 2 ans. Avec des mamans qui travaillent et des grands-parents éloignés, beaucoup de parents font alors confiance à la maternelle pour sociabiliser leurs chères têtes blondes. L'institution jouit d'une bonne réputation et mêle habilement jeu et éveil. Affublés de nos tabliers en toile cirée, nous passons nos journées à produire des œuvres d'art à base de peinture, de collages et de pâte à modeler, tout en nous mêlant à des camarades de notre âge.

Ma mère m'y envoie vêtue de petits pulls jacquard, ces lainages aux motifs de Noël, comme des flocons de neige ou des rennes, terriblement à la mode à l'époque : la preuve, le héros de *Maman, j'ai raté l'avion* porte les mêmes ! Mes grands frères, qui vont quant à eux au collège, ne jurent que par les jeans Levis 501 et les Reebok Pump, ces baskets montantes avec une bulle sur la languette qui intègre à la chaussure un système d'air comprimé.

Sur mon portemanteau à l'école, ma mère accroche chaque matin ma petite doudoune à empiècements multicolores et mes moufles bleues en polyamide, retenues par une ficelle en laine. Quand j'essaie de les faire passer moi-même dans les manches de mon manteau, je m'emberlificote toujours. Au-dessus de mes affaires, une photo me représente avec mon plus grand sourire, fait de quelques dents. La maîtresse y a écrit mon prénom en lettres rondes, avec un accent bien droit sur le « E » de Mélissa. Comme une grande, j'ai mon espace à moi, mais je n'oublie pas de glisser mon doudou dans mon cartable pour le moment fatidique de la sieste...

Je ne peux malheureusement pas nier avoir porté cette tenue.

« Moi, j'embête mon grand frère »

À l'époque, Henri Dès tourne en boucle dans mes oreillettes en mousse. « Moi j'aime bien ma petite sœur, quand elle pleure, quand elle pleure, moi j'embête mon grand frère, par derrière, par derrière », chantait l'homme à la guitare. Comment ne pas se reconnaître !

Mais un jour, alors que mon grand frère accepte enfin de me prêter son baladeur cassette, je ne me doute pas que c'est un piège et que les piles sont usées. Cet après-midi-là, j'emploie toute mon énergie à déchiffrer un épisode des « Animaux du bois de Quat'sous » en même temps que je l'écoute. Soudain, le troubadour se met à chanter nettement plus lentement dans mes écouteurs. Sa voix se déforme, se fait plus grave. Vite, j'appuie sur « Avance rapide » pour passer à la chanson suivante. Horreur, elles sont toutes comme ça ! Traumatisée, je n'écouterai plus jamais Henri Dès. Il suffisait pourtant de changer les piles… L'apprentissage de la technologie prend du temps !

Fous ta cagoule !

Vacances, j'oublie tout

Chaque été, nous partons dans un club de vacances VVF. Il en existe à l'époque plus d'une centaine en France, où c'est le premier opérateur de tourisme familial. Et pour cause : les enfants étant scolarisés de plus en plus tôt, les parents préfèrent passer l'été avec leur progéniture plutôt que de l'envoyer en colonies de vacances, qui semblent avoir fait leur temps.

Pour nous, c'est le paradis ! Piscine, clubs et nouveaux copains estivaux font notre bonheur. Dès juillet, nous traversons la France dans notre petite voiture blanche, direction Biscarosse ou La-Colle-sur-Loup.

Dans leurs shorts de marque LC Waikiki frappés d'un singe coloré, avec une jambe unie et une jambe à motifs, mes frères sucent goulûment des Mr Freeze parfum coca. Mes préférés sont les bleus qui, contre toute attente, sont à la framboise !

Le soir, face au coucher du soleil, je fais tourner ma jupe sur *La Lambada*, dont l'entêtant air d'accordéon m'obsède. Je me bats des heures avec l'un de mes frères pour des pin's, dont nous faisons la collection. S'il refuse de me céder le sien à l'effigie de Donatello des Tortues Ninja, son personnage préféré, je prends en otage ses petites voitures Majorette. Les négociations durent des heures jusqu'à ce qu'une bonne crise de larmes me permette d'obtenir ce que je veux. C'est cruel, une petite sœur…

Il s'est barré avec sa clope.

Dieu n'est plus un fumeur de havanes

Jusqu'en 1991, près de 40 % de la population française fume. Face à ces chiffres alarmants, une loi qui attirera son lot de détracteurs voit le jour : la fameuse loi anti-tabac Claude Évin, entrée en vigueur le 10 janvier 1991. Il est désormais interdit de fumer sur les lieux de travail, dans les trains, les avions, les collèges et les lycées. Les cafés et les salles de concert échappent encore à la règle. Fini la publicité pour le tabac et sa vente aux moins de 16 ans. Peu à peu, les cigarettes disparaissent des plateaux télé, dont certains étaient fréquemment envahis par la fumée.
Les générations précédentes auront eu une image virile et cool du tabac, qui disparaîtra progressivement dans les années 1990 – bien que la clope reste un rite de passage obligé à l'adolescence. Si tout ne change pas du jour au lendemain, la loi donne le ton de la décennie en matière de santé publique : précaution maximale ! Triste coïncidence, Gainsbourg, le fumeur de havanes qui n'hésitait pas à en griller une à la télévision, meurt quelques mois après l'entrée en vigueur de la loi…

Assortir la couleur des lacets et des chaussettes à celle du ballon, c'est un vrai talent.

Le géant américain

Disneyland Paris, baptisé à l'époque « Eurodisney », gigantesque parc d'attractions du groupe Walt Disney, est construit pour notre plus grand bonheur à une trentaine de kilomètres de la capitale. À la faveur de tarifs réduits obtenus *via* le comité d'entreprise de nos parents, nous avons la chance de faire partie des premiers enfants à en franchir les portes. Avec sa multitude d'hôtels, une gare construite spécialement pour desservir le complexe et un « village » de boutiques et de restaurants comme aux États-Unis, Eurodisney révolutionne la région.

Des oreilles de Mickey en feutre sur la tête, ma collection de « totoches » autour du cou, je parcours Mainstreet et tombe instantanément amoureuse des attractions de Fantasyland, comme It's a Small World et Peter Pan. Les grands, eux, ne jurent que par l'univers futuriste de Discoveryland et son attraction Startour. Même ma mère est sous le charme ! À une heure en train de notre ville, avec des tarifs privilégiés pour les familles nombreuses, Disneyland restera l'une de nos sorties favorites tout au long de mon enfance.

Le parc d'attractions n'est pourtant qu'une des facettes de la culture américaine qui envahit notre quotidien. Les sorties au McDonald's pour y manger un Happy Meal remplissent mes caisses à jouets de petites figurines, majorettes, Ronald McDonald ou Picsou offertes avec les boîtes en carton décorées. Sur la route des vacances, l'arrêt au McDrive est obligatoire si l'on veut éviter les pleurs dans la voiture. Tandis que l'URSS disparaît peu à peu et que l'Allemagne se réunifie, les cartes sont redistribuées. Les États-Unis où Georges Bush père, successeur du cow-boy Ronald Reagan, joue le gendarme planétaire, gagnent en importance sur la scène internationale. Désormais, il n'y a plus deux blocs, mais un seul géant.

Surya Bonaly, une héroïne en justaucorps fluo.

Le mensonge d'État

À l'abri du froid hivernal, je passe mes après-midi à guetter les apparitions sur la glace de Surya Bonaly en dégustant des bonbons Haribo en forme d'œufs au plat. Les figures acrobatiques de la jeune patineuse d'origine réunionnaise me fascinent !

Toute petite, je suis déjà la reine du poker.

Le Journal de Mickey mentionne presque toutes les semaines cette nouvelle héroïne : les Jeux olympiques d'hiver de 1992, qui se déroulent à Albertville (Savoie), vont bientôt commencer. Dans toute la France, c'est l'effervescence ! Drôle de coïncidence, peu de temps avant, Ötzi, « l'homme des glaces » qui a vécu plus de 3 000 ans avant J.-C., est exhumé des montagnes. On découvre le cadavre momifié de ce drôle d'Hibernatus partout dans les journaux.

Lors de la cérémonie d'ouverture des Jeux, c'est un François Mitterrand affaibli que l'on aperçoit faire la ola. Le scandale éclate cette année-là : malgré les bulletins de santé assurant que le président est en bonne santé, celui-ci est opéré à 76 ans d'un cancer de la prostate, qu'il ne peut plus cacher. Mais pour faire taire les rumeurs de plus en plus insistantes sur son aptitude à diriger le pays, il n'hésitera pas à répondre à un journaliste : « Je ne pense pas que l'on m'ait enlevé un lobe du cerveau, car ce n'est pas de ce côté-là que ça se passe. » Personne ne se doute alors que son cancer a été décelé dès 1981, au début de son premier mandat, et que ses bulletins de santé ont été falsifiés pendant plus de dix ans... Il faudra encore attendre quatre ans, peu après sa mort, pour que la vérité éclate.

Le bandana c'est super mode !

Kamé Hamé Ha !

Chaque mercredi, le « Club Dorothée » diffuse nombre de dessins animés japonais. Dans le futuriste « Dragon Ball Z », les combats opposant Son Goku à divers ennemis peuvent s'étirer sur plusieurs épisodes entiers. La tension est à son comble quand le personnage se transforme en superguerrier et lance une boule d'énergie – le fameux Kamé Hamé Ha – contre les méchants Vegeta ou Freezer. Sailor Moon, quant à elle, se lance à la quête du cristal d'argent. Les aventures de Jeanne et Serge, ces champions de volley, inspirent bien des vocations. Sans oublier « Ranma ½ », « Olive & Tom », « Nicky Larson », « Lucile, amour et rock'n roll », « Les Chevaliers du Zodiaque »… À la fin de l'émission, les noms des enfants membres du club Dorothée dont c'est l'anniversaire défilent sur fond de nuages. Le jour J, tout le monde guette son nom avec impatience !

MC Solaar, un rappeur en costard.

La musique dans la peau !

Si nos parents demeurent fidèles à Jacques Brel, nous sommes les témoins de l'émergence de phénomènes musicaux bien ancrés dans notre époque. Avec le titre *Bouge de là*, MC Solaar popularise ainsi le rap. Gavroche sur la

Mon éclat de rire a sans doute quelque chose à voir avec ce polo.

tête, chemise colorée, le rappeur danse au milieu d'effets visuels. Avec *Victime de la mode*, il met en chanson la femme des années 1990, toujours à la recherche de la perfection physique : « Maso, à l'assaut de ses formes rondelettes […] / Victime de la mode, tel est son nom de code. »

Si mes frères sont fans de *Nouveau Western* où le rappeur reprend quelques notes de *Bonnie and Clyde* de Gainsbourg, moi, fleur bleue, j'adore *Caroline*, « l'as de trèfle qui pique ton cœur ».

Pour écouter en boucle nos chansons préférées, nous les guettons à la radio et les enregistrons sur cassette. Mais avec l'arrivée de la télé câblée, nous ne jurerons plus que par la chaîne MTV. M6, jeune chaîne en vogue, commence elle aussi à diffuser des clips. Nous mimons les chorégraphies de Zouk Machine et essayons de chanter aussi fort que Céline Dion (*Pour que tu m'aimes encore*). Dans un registre plus léger, nous aimons aussi danser sur *Auteuil Neuilly Passy*, chanson parodique des Inconnus imaginant des rappeurs venus des beaux quartiers : leur « Salut ! Tu-vas-bien ? » entrecoupé de bises sonores devient même une nouvelle façon de se saluer.

Outre-Atlantique, Michael Jackson sort des clips plus proches du court-métrage comme *Black or White*. Macaulay Culkin, star de l'époque, y fait même une apparition. En France, c'est Mylène Farmer qui s'essaie à l'exercice dans des clips parfois choquants diffusés après 20 heures, comme celui de *Pourvu qu'elles soient douces*. Je peux chanter des heures que « Tout est chaos » sans y comprendre quoi que ce soit. La chanteuse rousse à la peau diaphane parle d'une « génération désenchantée », un hymne repris en chœur par les jeunes qui se retrouvent dans ces quelques mots. Toutes ces chansons parlent alors de nous, comme nous. La dernière décennie du XXe siècle a commencé, et c'est la nôtre !

L'exil des pirates de terre.

Digital Natives !

L'information est partout. Le journal télévisé de 20 heures est devenu une institution et nos parents dînent souvent en gardant un œil attentif sur l'écran de télévision. Pas bien grande, j'entends régulièrement les termes « Sarajevo », « Sniper Alley », « guerre »... Difficile, même à 5 ans, d'échapper à un monde si riche en sons, en images, en informations. Lors d'une réunion parents-professeurs, ma mère souligne devant les parents de mes camarades l'importance de nous sensibiliser à l'actualité. Quitte à mettre mal à l'aise mon instituteur, dont l'opinion est moins tranchée.

Au-delà des informations, nous sommes envahis par des écrans. Au bureau de ma mère, je découvre mon tout premier ordinateur. À la maison, nous avons un Ordinathan pour lequel mes frères et moi nous disputerons des heures durant. Mais ce sont surtout les jeux vidéo qui nous occupent : nous jouons à Street Fighter sur Super Nes pendant des heures, parfois les yeux fermés. De vrais Digital Natives !

Enfants de la télé

Ce rêve bleu

L'heure de la rentrée a sonné. Enfin, je suis une grande ! Sur la route du retour des vacances au Pays basque, j'ai les poches pleines d'aiguilles de pin. Ma mère chantonne « Avec le temps va, tout s'en va » : Léo Ferré vient de nous quitter.

Avec mon cartable à l'effigie du dessin animé Aladdin, ainsi que la trousse et le crayon à papier assortis, je suis fin prête à entrer en CP. Un magasin de produits dérivés Disney, le fameux Disneystore, vient d'ouvrir dans notre ville. Dès les premiers jours, les enfants de toute la région s'y sont rués. Nous baignons dans ce que l'on appelle « le second âge d'or des studios Disney », fait d'une succession de films féeriques qui marqueront notre enfance. Avec *La Petite Sirène*, premier long-métrage de cette ère, nous nous sommes imaginés « sous l'océan ». *La Belle et la Bête* a fait chavirer nos cœurs avec une valse

Chronologie

30 mars 1993
Édouard Balladur, le Premier ministre, annonce que le cap des 3 millions de chômeurs a été franchi pour la première fois.

13 septembre 1993
À Washington, signature des accords d'Oslo visant à résoudre le conflit israélo-palestinien. Yitzhak Rabin et Yasser Arafat échangent une poignée de main historique.

15 novembre 1993
Nelson Mandela et Frederik de Klerk, président de l'Afrique du Sud, reçoivent le prix Nobel de la paix pour leur lutte contre l'apartheid.

9 mars 1994
Le très populaire trio d'humoristes Les Nuls sort le film *La Cité de la peur*.

5 avril 1994
Kurt Cobain, le chanteur du groupe Nirvana, est retrouvé mort chez lui.

8 juin 1994
Francenet, le premier fournisseur français d'accès à Internet, voit le jour.

4 juillet 1994
Fin du génocide rwandais, qui aura duré trois mois et fait 800 000 victimes selon l'Onu.

7 mai 1995
Jacques Chirac est élu président de la République face à Lionel Jospin avec 52,8 % des voix.

31 mai 1995
Sortie du film *La Haine*, réalisé par Matthieu Kassovitz.

25 juillet 1995
Un attentat commis par des islamistes algériens fait huit morts à la station de RER Saint-Michel, en plein cœur de Paris.

8 janvier 1996
L'ex-président François Mitterrand meurt à Paris.

29 janvier 1996
La France réalise son premier essai nucléaire dans le Pacifique.

4 août 1997
Jeanne Calment, la doyenne française de l'humanité, meurt à l'âge de 122 ans.

29 août 1997
Diffusion de la dernière émission du « Club Dorothée » après dix saisons.

30 août 1997
Lady Di décède dans un accident de voiture à Paris.

L'icône du grunge Kurt Cobain secoue les États-Unis.

inoubliable, et *Aladdin* nous a transportés au Moyen-Orient en tapis volant ! Les cassettes vidéo à la tranche estampillée d'hologrammes s'alignent à côté du magnétoscope du salon.

Le Roi lion est le chef-d'œuvre qui marquera un tournant dans les productions Disney dans notre enfance : l'école organise désormais des escapades au cinéma pour aller voir « le dernier Disney » à l'affiche, pourtant déjà vu au moins une fois en famille. Les premiers exercices de mathématiques distribués par notre institutrice mettent même en scène Lumière et Big Ben, des personnages de *La Belle et la Bête* !

Rêvant de porter le diadème de Jasmine, je vais à l'école avec un bandeau à gros nœud, sur des cheveux longs détachés. Cette coiffure fait tressauter ma rigide maîtresse, qui rêve d'une queue de cheval bien nette. Le début des années 1990 – peut-être à cause des heureux contes de fées des studios Disney – est définitivement plus sage que les années 1980. Fini le lycra fluo, les baskets montantes et la frime.

Mais cette sobriété ne saurait durer : c'est bientôt l'apogée du grunge ! Jeans déchirés, chemises à carreaux et cheveux longs riment avec Kurt Cobain, dont les photos envahissent l'agenda de mon grand frère. Il n'obtiendra pourtant pas l'autorisation parentale de se laisser pousser les cheveux, une façon de ménager nos professeurs, pas encore à la page…

Le mouvement nous vient de l'autre côté de l'Atlantique, où le très moderne Bill Clinton prête serment. Ce jeune démocrate, qui succède au républicain Georges Bush, entend s'attaquer à la crise sociale. Mais il sera aussi bientôt le président du scandale avec l'affaire Lewinsky, du nom de la stagiaire de la Maison blanche avec laquelle il entretient une relation extraconjugale.

La mode des années 1990, de mère en fille.

A voté !

Depuis plusieurs mois, je vois les mêmes personnages prendre la parole avec véhémence à la télévision. Il y a Robert Hue, le barbu à lunettes. Lionel Jospin, le frisé aux cheveux blancs. Jacques Chirac, désormais débarrassé de ses grandes lunettes, qui m'est déjà familier. Mais aussi Arlette Laguiller, que mon plus grand frère, qui échappe à la grande échéance de 1995 à une année près, aime parodier en prenant une voix nasillarde : « Travailleurs, travailleuses ». En chemin pour l'école, je les vois sourire sur les panneaux de fer avec, parfois, des canines de vampire rajoutées au feutre noir. L'élection présidentielle est un événement : après quatorze ans de règne, « Tonton » ne se représentera pas. Jacques Chirac y voit une chance de remporter enfin un succès.

En fait, la dînette, c'est une activité de garçons.

Lionel Jospin, lui, veut faire durer l'ère socialiste. Ma mère m'explique que tout Français majeur peut et doit voter. Moi, je ne comprends pas tout. À l'école, il nous arrive de voter, mais sur des sujets moins importants et à main levée – pour choisir entre balle aux prisonniers et parcours d'obstacle, par exemple.

Quand je lui demande si le monde entier vote, ma mère me raconte la fin de l'apartheid en Afrique du Sud. Dans le journal, je trouve une photo aérienne de serpents de personnes qui font la queue pour voter, s'étendant sur des kilomètres. Je l'affiche sur un mur de ma chambre et, quand vient le second tour, je déclare à ma mère que moi aussi, je veux voter. Elle m'emmène dans l'isoloir et me laisse même déposer son bulletin dans l'urne. Youpi, je suis une citoyenne… de 8 ans !

L'année prochaine, je passe mon permis !

Première année mouvementée

Le 7 mai, Jacques Chirac est élu président de la République : la première année de son mandat s'avère mouvementée. Un peu partout dans les rues fleurissent, en lieu et place des panneaux électoraux, des affiches à l'effigie d'un champignon atomique, dans lequel est inscrit un « Non ! ». Le programme d'essais nucléaires français, interrompu depuis 1992, est repris pour une série de huit tests qui doivent être les derniers. La contestation est si importante que l'Allemand Roland Emmerich en tirera même un blockbuster, Godzilla*, l'histoire d'un lézard devenu monstre après les essais nucléaires français de Mururoa !*
Mais Jacques Chirac a d'autres préoccupations qu'un saurien géant détruisant New York sur grand écran. À l'automne 1995, le Premier ministre Alain Juppé annonce un plan de rigueur visant les salariés, notamment ceux du secteur public. « L'heure des vraies réformes a sonné pour la France », annonce-t-il. La rue se met à gronder comme elle ne l'avait pas fait depuis plusieurs décennies. Pendant presque un mois, le pays est paralysé par la grève. Le mouvement sera rapidement comparé à celui de Mai 68. Chaque matin, les travailleurs qui se déplaçaient jusque-là en transports en commun – dont la circulation est presque totalement interrompue – envahissent les rues à vélo et à roller, jusqu'à ce qu'Alain Juppé fasse finalement machine arrière...

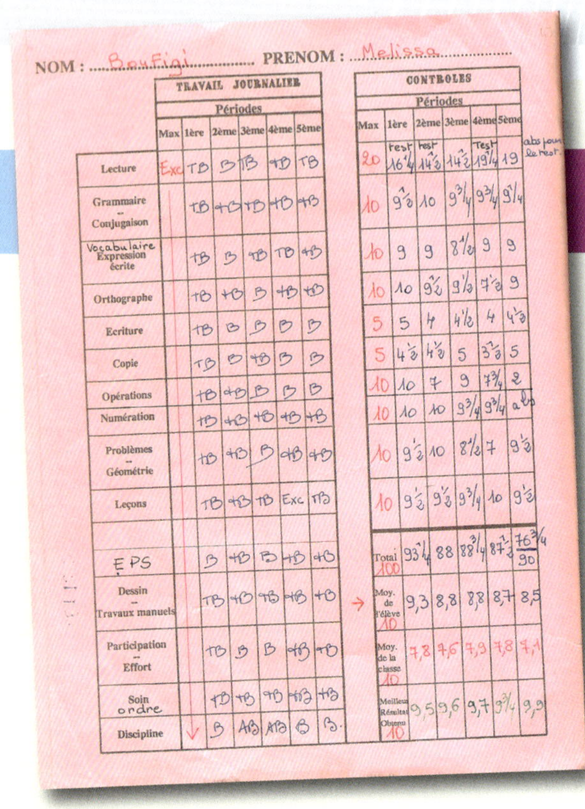
NOM : Boufigi PRENOM : Melissa

	TRAVAIL JOURNALIER – Max	1ère	2ème	3ème	4ème	5ème	CONTROLES – Max	1ère	2ème	3ème	4ème	5ème
Lecture	Exc	TB	B	TB	+B	TB	20	test 16 1/4	test 14 1/2	14 1/2	Test 19 1/4	19 (abs pour le test)
Grammaire -- Conjugaison		TB	+B	TB	+B	+B	10	9 1/2	10	9 3/4	9 3/4	9 1/4
Vocabulaire Expression écrite		+B	B	+B	TB	+B	10	9	9	8 1/2	9	9
Orthographe		+B	+B	B	+B	+B	10	10	9 1/2	9 1/2	7 1/2	9
Ecriture		+B	B	B	B	B	5	5	4	4 1/2	4	4 1/2
Copie		TB	B	+B	B	B	5	4 1/2	4 1/2	5	3 1/2	5
Opérations		+B	+B	B	B	B	10	10	7	9	7 3/4	2
Numération		+B	+B	+B	+B	+B	10	10	10	9 3/4	9 3/4	abs
Problèmes -- Géométrie		+B	+B	B	+B	+B	10	9 1/2	10	8 1/2	7	9 1/2
Leçons		TB	+B	TB	Exc	TB	10	9 1/2	9 1/2	9 3/4	10	9 1/2
EPS		B	+B	B	+B	+B	Total 100	93 1/4	88	88 3/4	87 1/2	76 3/4 / 90
Dessin -- Travaux manuels		TB	+B	+B	+B	+B	Moy. de l'élève 10	9,3	8,8	8,8	8,7	8,5
Participation -- Effort		TB	B	B	+B	+B	Moy. de la classe 10	7,8	7,6	7,9	7,8	7,1
Soin ordre		+B	+B	+B	+B	+B	Meilleur Résultat Obtenu 10	9,5	9,6	9,7	9 3/4	9,9
Discipline		B	AB	AB	B	B.						

Entre notes et appréciations, notre institutrice n'a pas choisi...

La méthode mixte

Dans la plupart des écoles, méthodes globale et syllabique sont devenues taboues : on parle désormais de « méthode mixte ». « Mixte », c'est peu de le dire ! Dans la salle de classe, un matin, notre instituteur brandit un carton rectangulaire plastifié où est inscrit un mot en écriture attachée, bien lisible. Des mains se lèvent timidement. Je tente un « Avant », balayé d'un geste de la main par l'instituteur. Après de longues minutes et nombre de propositions erronées, il abandonne : « C'était le mot "avec" ! », s'énerve-t-il. Si l'instituteur est plutôt adepte de la méthode globale, l'orthophoniste qui passe une fois par semaine pour travailler avec les élèves les plus en difficulté ne jure que par la méthode syllabique... À la maison, ma mère use de sa propre technique. Elle me donne des petits cartons portant chacun une syllabe, grâce auxquels je forme des mots.

Nos instituteurs, conscients de la situation, accueilleront avec plaisir une nouvelle méthode de lecture qui nous captivera : *Ratus*. Les aventures de ce petit rat vert et de ses amis, dont nous attendons chaque semaine la suite avec impatience, nous seront bien utiles pour mémoriser les mots !

Oh, comment tu parles à ma sœur !?

À table, un soir, l'un de mes frères me donne un coup de coude pour que je lui passe un plat. L'autre réplique : « Oh, comment tu parles à ma sœur !? » Éclat de rire général et incrédulité de notre mère. La chanson *Je danse le mia* dont sont tirées ces paroles est sortie depuis quelques mois à peine, mais elle est déjà culte. À chaque diffusion du clip à la télé, nous nous entraînons à reproduire le fameux pas de danse chaloupé, avec les épaules en avant puis en arrière. Les paroles (« Chemise ouverte, chaîne en or qui brille ») nous font mourir de rire à chaque fois. Nous alternons parfois avec *Simple & Funky* d'Alliance Ethnik, en essayant tant bien que mal de réciter les paroles aussi vite que le chanteur (« Non mais non mais non »). Ce qu'il nous arrive aussi de faire les yeux rivés sur notre Game Boy, avec de fins airs d'enfant enfermé dans son monde !

Même avec le bandeau, on est loin de princesse Jasmine...

C'est bien d'apprendre tôt l'humiliation collective.

La terreur du colon blanc.

Cette petite console de jeux portative est sortie en France depuis quelques années, mais son prix a beaucoup baissé au fil du temps. Comble du luxe, devant les crises de pleurs que la petite machine déclenche, notre mère nous en offre deux. Mon frère et moi organisons même des tournois de Tetris en allumant nos Game Boy exactement à la même seconde ! Si nous avions su qu'à peine quelques années plus tard, nous jouerions en réseau…

C'est l'époque de la multiplication des appareils électroniques, quand les parents cèdent à tous les caprices pour avoir la paix : plusieurs consoles de jeux, plusieurs télévisions, plusieurs baladeurs… Chaque semaine, sur la liste des courses, mon frère rajoute « Piles AA x 4 » pour nourrir nos gloutons appareils électroniques. Et on surconsomme ! L'écologie et l'économie d'énergie ? Les jeux vidéo trop violents qui nous détournent de la lecture ? Il faudra bien attendre les années 2000 pour que l'on commence à s'en inquiéter. Pour le moment, nous jouons à Mortal Kombat des heures durant et laissons nos consoles sur « Pause » le temps du dîner…

Le mouvement des sans-papiers

Le mouvement des « sans-papiers » monte en puissance à partir de 1996. Impossible d'ignorer son existence : dans chaque grande ville, des gymnases, des entrepôts, des lieux associatifs ou religieux sont occupés plusieurs semaines, parfois plusieurs mois. À Paris, plusieurs églises, dont l'église Saint-Bernard, deviennent des symboles de cette lutte.
Dans cette dernière, des célébrités comme le professeur Schwartzenberg, Ariane Mnouchkine ou Emmanuelle Béart, mais aussi plusieurs centaines d'inconnus solidaires, viennent camper avec les 300 « sans-papiers », dont une dizaine ont entamé une grève de la faim. Le 21 août, 8 000 personnes défilent à Paris pour les soutenir. Deux jours plus tard, les CRS forcent la porte de l'église à coups de hache et l'évacuent avec une grande violence. 40 Maliens sont expulsés dès le lendemain et environ 200 personnes sont placées en garde à vue ou en centres de rétention administrative. L'émotion est très forte, mais il faudra attendre l'année suivante pour voir les premières régularisations.

La véritable cloche de Pâques.

Les héros du petit écran

Un matin, au réveil, je découvre ma mère scotchée à la télévision. Lady Di est morte dans la nuit des suites d'un accident de voiture survenu sous le pont de l'Alma à Paris. Plusieurs jours durant, l'image du véhicule noir ratatiné est dans tous les journaux. C'est une princesse iconique qui disparaît. Les hommages se multiplient. Durant les funérailles retransmises dans le monde entier, Elton John chante avec émotion *Candle in the Wind*.

Les princes Harry et William font leurs adieux à leur mère devant les caméras du monde entier.

À l'époque, la petite lucarne est notre fenêtre sur le monde, mais aussi notre échappatoire préférée. Le soir, les parents rient devant « Les Guignols de l'info » et leur satire de la cohabitation entre Jacques Chirac et Lionel Jospin. Nous avons aussi nos propres guignols cathodiques : tous les matins, « Les Minikeums » accompagnent nos bols de Chocapic et de Golden Grahams. M'sé, Nag' et Vaness', ces marionnettes qui parodient MC Solaar, Nagui et Vanessa Paradis, nous font beaucoup rire.

Pourtant, cette émission deviendra vite une torture pour moi, dès lors que mes camarades se mettront à me chanter à tue-tête le carton musical des Minikeums – *Mélissa*, par le boys band imaginaire Bogoss Five. Pour mes 10 ans, on a même la délicatesse de m'en offrir le CD deux titres. « Mélissa, non ne pleure pas / car pour moi, tu es la plus belle / tu me donnes des ailes ! » Je connais les paroles par cœur, non pas parce que j'écoute le disque en boucle, mais bien parce que mes camarades l'entonnent à chaque fois que l'institutrice prononce mon prénom…

Hystérie !

Un grand phénomène musical nous a donc atteints : celui des fameux boys bands, ces garçons aux pantalons pailletés extrêmement moulants et aux torses huilés bodybuildés, qui chantent des chansons guimauves en faisant des saltos arrière. Que d'émois pour les jeunes filles de mon âge ! Nous tombons toutes folles amoureuses d'eux.

Il y a le clan des admiratrices de Filip des 2Be3, celui des admiratrices de Nathan des World Apart, et le clan pro-Gérald des G-Squad. Dans ma bibliothèque, à côté des collections de *J'aime lire* et d'*Astrapi*, des BD de Marion Duval, des aventures de Tom-Tom et Nana et des *Souris noires*, se forment bientôt des piles de *Star Club*. Les interviews fleuves de nos nouveaux héros décolorés nous passionnent.

Mais la plus grande hystérie est suscitée par l'unique girls band de l'époque : les Spice Girls. Si, dans ma chambre, un mur est dédié aux posters de boys bands, un autre est entièrement consacré aux « filles épicées » et à leurs

Les boys bands, un moment douloureux de l'histoire de la musique.

Bienvenue, on vous fait visiter ?

tenues délirantes. Pour être à la mode, nous devons porter comme elles des platform shoes et des hauts coupés au-dessus du nombril. Nous collectionnons tout ce qui existe à leur effigie – posters, t-shirts, CD bien sûr, mais aussi cartes postales reproduisant des paroles de chansons offertes dans *Star Club*, que nous collons au dos de nos cahiers. Dans la cour de récré, on parle vernis pailleté et *girl power. If You Wanna Be My Lover*, chanté en yaourt, devient notre hymne.

Chacun a sa Spice Girl préférée, à laquelle il s'identifie ; toutes donnent une image de femme forte et libre. Plus tard, je veux être comme Geri, la Ginger Spice, extravagante et audacieuse !

Nos instituteurs essaient tant bien que mal de s'adapter au phénomène : à la fête de l'école de mon année de CM1, on danse sur *Le Feu, ça brûle* (« et l'eau ça mouille », oui, oui !), une nouvelle parodie signée cette fois Charlie et Lulu, les célèbres animateurs de la chaîne M6. Si les parents sont pliés en deux de rire sur leur siège, nous, casquette à l'envers sur la tête et vêtus de survêtements fluo, nous réalisons notre chorégraphie avec beaucoup de sérieux, comme dans les clips du « Hit Machine ». Car le mimétisme, c'est un autre effet de l'hystérie boys band. Heureusement que ces derniers connaîtront un succès aussi fulgurant qu'éphémère…

« Jack ! »

La folie Titanic

Je m'installe à peine dans la salle de cinéma lorsqu'un idiot se met à crier : « À la fin, Leonardo meurt ! » Ma grand-mère se tourne immédiatement vers moi pour me demander si c'est vrai. Ayant déjà vu *Titanic* quatre fois au cinéma, je suis en effet en mesure de lui répondre… Ce film catastrophe, le plus cher de l'histoire du cinéma à l'époque, est un vrai phénomène. L'histoire d'amour tragique entre la riche et malheureuse Rose et le beau Jack sans le sou nous déchire le cœur.

À chaque fois, sa mort – car, oui, il meurt à la fin – me fait pleurer comme une madeleine. Ajouté à l'histoire vraie et fascinante du naufrage tragique du plus gros paquebot jamais construit alors, le film connaît un succès sans pareil. Sa chanson phare, *My Heart Will Go On* de Céline Dion, tourne en boucle dans mon Walkman. Lors des voyages en Angleterre en ferry, nous nous amusons tous à nous installer sur la proue du bateau, les bras en croix, et à nous exclamer : « Je suis le roi du monde ! » Et délaissant nos boys bands, nous tombons amoureuses de Leonardo DiCaprio, ce jeune acteur américain blond à la gueule d'ange, propulsé superstar.

Un nouveau millénaire

On m'a dit que les écrivains devaient avoir l'air arrogant...

Rat de bibliothèque

C'est l'heure d'entrer en sixième. Et nous avons beau être nés avec les jeux vidéo, nous passons aussi des heures à dévorer des livres. Après avoir englouti toute la collection noire et orange aux titres verts dégoulinants des « Chair de poule » et placé son auteur, Robert Lawrence Stine, dans mon panthéon d'écrivains (qui comprenait déjà Judy Blum et Marie-Aude Murail), je m'apprête à découvrir un phénomène littéraire inédit. Nous avons 12 ans quand débarquent en France les aventures du petit sorcier à la cicatrice en forme d'éclair, Harry Potter. Déjà un phénomène outre-Manche, où il a été créé, il le deviendra bientôt dans l'Hexagone. Mais à peine entrés au collège, nous voulons déjà être considérés comme des grands, et certains se sentent obligés d'assurer que « Harry Potter, c'est pour les bébés », tout en lisant la saga en cachette.

Chronologie

21 janvier 1998
Début du scandale de l'affaire Lewinsky, du nom d'une stagiaire de la Maison blanche avec laquelle le président Bill Clinton a entretenu une relation extraconjugale.

2 avril 1998
Maurice Papon est condamné à dix ans de prison pour complicité de crimes contre l'humanité.

13 juin 1998
La loi fixant le temps de travail à 35 heures hebdomadaires est adoptée par l'Assemblée nationale.

1er juin 1999
La pilule du lendemain est commercialisée.

13 octobre 1999
Le Pacs, une forme d'union civile ouverte aux couples de même sexe, est mis en place par le gouvernement Jospin.

12 décembre 1999
Le pétrolier l'*Erika* fait naufrage au large de la Bretagne, provoquant l'une des plus importantes marées noires de l'histoire.

25 juillet 2000
Un *Concorde* d'Air France s'écrase peu après son décollage à Gonesse, tuant 113 personnes.

12 décembre 2000
Sur décision de la cour suprême, Georges W. Bush est élu président des États-Unis.

15 janvier 2001
L'encyclopédie en ligne Wikipédia est lancée.

25 avril 2001
Le film *Le Fabuleux Destin d'Amélie Poulain* sort au cinéma et comptabilise 9 millions d'entrées.

26 avril 2001
« Loft Story », la première émission de téléréalité française, débute sur M6.

11 septembre 2001
Aux États-Unis, quatre attentats-suicides, visant notamment les tours du World Trade Center à New York et le Pentagone à Washington, font près de 3 000 morts.

21 septembre 2001
L'usine AZF de Toulouse explose, faisant 30 morts et 2 500 blessés.

7 octobre 2001
Les États-Unis attaquent l'Afghanistan pour faire tomber les talibans et capturer Oussama Ben Laden, chef d'Al-Qaïda, tenu pour responsable des attentats du 11 septembre.

En cas de rupture de stock, je vais pouvoir frimer…

Sans complexe, je colle un dessin du sorcier aux lunettes rondes sur mon agenda. Sous mon lit en hauteur, j'ai aménagé un coin lecture avec des couvertures et des boîtes de Petits Écoliers. J'y passe des après-midi à m'imaginer voler vers Poudlard sur un Nimbus 2000 pour jouer au quidditch et combattre les mangemorts. Dès qu'un nouveau tome sort, je le réserve plusieurs mois à l'avance et cours à la librairie pour le dévorer en quelques jours. Je guette toutes les interviews de J. K. Rowling, son auteure, dans la presse ou à la télévision, qui détaillent la *success-story* de cette jeune maman londonienne. À partir du cinquième tome, trop impatiente, je le commande en version originale et me mets sérieusement à l'anglais. La saga de sept tomes, qui s'achèvera alors que nous sommes de jeunes adultes, nous aura accompagnés bien des années.

Des couvertures de magazines aux mairies, il n'y a qu'un pas…

Chagrin d'amour

Au réveil, je regarde « KD2A » sur France 2, une émission « karrément déconseillée aux adultes ». Nourrie par les aventures de Sabrina la sorcière et des adolescentes un tantinet futiles de « Clueless », je deviens une jeune fille coquette et mes centres d'intérêt changent. Pour correspondre aux standards de la mode, il nous faut désormais être fines et ultralookées. Marianne, la figure de la République, prend les traits d'une fille belle et pulpeuse que l'on voit dans les mairies, mais aussi en couverture de *Jeune & Jolie* : le mannequin Laetitia Casta.

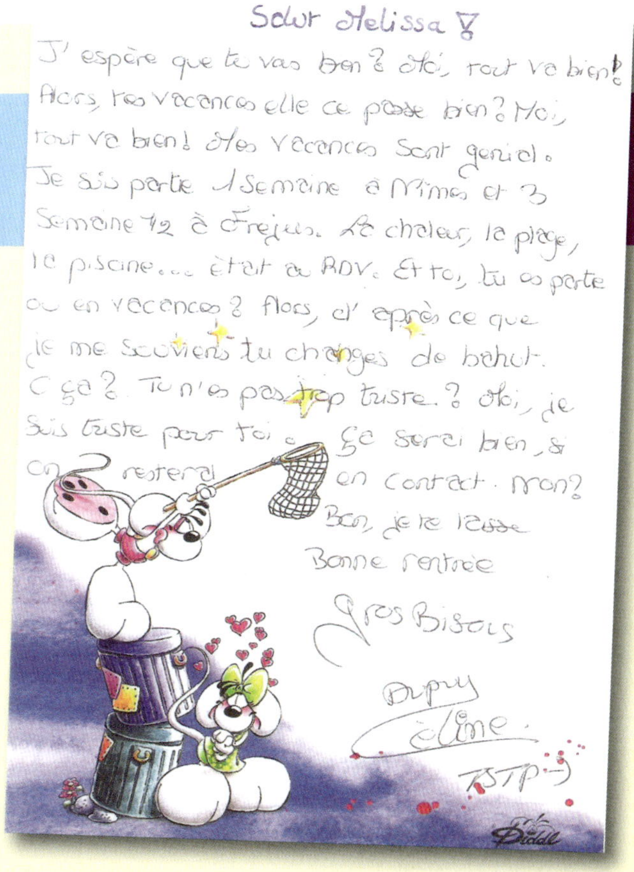

Salut Melissa ♡

J'espère que tu vas bien? Moi, tout va bien! Alors, tes vacances elle ce passe bien? Moi, tout va bien! Mes vacances sont genial. Je suis partie 1 semaine à Nimes et 3 semaine 1/2 à Frejus. La chaleur, la plage, la piscine... était au RDV. Et toi, tu es partie ou en vacances? Alors, d'après ce que je me souviens tu changes de bahut. C ça? Tu n'es pas trop triste? Moi, je suis triste pour toi. Je serai bien & on restera en contact. Non? Bon, je te laisse

Bonne rentrée

Gros Bisous

Dupuy Céline

TSTP :-)

Diddl

Les correspondances de vacances, sur du papier Diddl exclusivement !

Le géant de l'habillement H&M débarque en France et nous découvrons les tendances à petit prix. Chaque nouvelle collection fait la loi dans la cour de récré. Nous sommes nombreuses à posséder la même ceinture cloutée, achetée une poignée d'euros dans la grande enseigne. Un comble, à un âge où nous essayons désespérément de prouver notre originalité…

Chaque matin, je m'arrose de parfum Eau jeune avant d'enfiler un t-shirt pailleté et un jean mauve sur des baskets puma. Accessoire ultime : dans la poche de mon sac à dos, je cache mon téléphone portable Itineris, mon tout premier, doté d'une longue antenne télescopique et d'un minuscule écran gris. Son usage est pourtant formellement interdit dans mon établissement.

Mon répertoire ne contient qu'une poignée de contacts, dont ma mère et ma grand-mère, mais je nourris l'espoir que mon numéro tombe un jour entre les mains d'un garçon bien précis. Car en cinquième, j'ai mon premier vrai coup de cœur pour un garçon. Un « vieux », un quatrième ! Je ne lui ai jamais adressé la parole, mais sa coiffure faite de pics tenus en l'air par du gel et son baggy Quicksilver me laissent penser que c'est l'homme de ma vie. À l'époque, les seuls garçons qui

À la pointe de la technologie dans la cour de récré.

Montrer son caleçon sous son baggy : la règle pour être cool.

trouvent grâce à mes yeux sont ceux qui ont le look « skateur ». Notre monde est alors divisé entre eux et les « lascars », vêtus de survêtements Sergio Tacchini et de chaussettes blanches remontées. Ils prennent des airs de gros durs, marchent de façon chaloupée et récitent les paroles de *Ma Benz* de NTM. Les skateurs aussi ont une démarche chaloupée, mais c'est surtout pour ne pas faire tomber leurs très larges pantalons, qui dévoilent déjà la moitié de leur caleçon…

Comment ça, je suis trop grande ?

J'obtiens des renseignements sur mon prince charmant par des moyens dignes des meilleurs détectives privés. Au péril de ma vie, je découvre son prénom en déchiffrant à l'envers la feuille d'émargement du surveillant en salle d'étude. Mais horreur, je découvre bien vite qu'il ne s'intéresse qu'aux filles de quatrième ! Toujours sans avoir échangé un seul mot avec lui, je suis bonne pour mon premier chagrin d'amour…

Champions du monde de la diversité !

Champions du monde !

Footix à la main, traits bleu, blanc et rouge sur les joues, nous regardons, captivés, Zidane mettre un but de la tête et ses coéquipiers, extatiques, lui fondre dessus. À ce moment-là, nous sommes déjà confiants : c'est le deuxième but marqué par la France. Dehors, les automobilistes klaxonnent frénétiquement. Il y a des drapeaux français accrochés à toutes les fenêtres. À la fin de la première mi-temps, les Bleus mènent 2-0. Et lors de la deuxième partie du match, Emmanuel Petit assure définitivement la victoire avec un troisième but. Il n'y a plus aucun doute : l'équipe de France de football est championne du monde !
On fête ça sur Tomber la chemise *de Zebda et* I Will Survive *de Gloria Gaynor, qui connaît alors une seconde jeunesse. « Et un, et deux, et trois zéro ! », devient une expression phare dans les cours de récré. Cette finale historique, c'est une victoire pour le sport, mais aussi pour la diversité. Nos champions du monde sont à l'image de la France de cette fin des années 1990 – black, blanc, beur !*
La star absolue de la Coupe du monde est en effet Zinedine Zidane, le Français originaire d'Algérie qui a grandi dans une cité rude des quartiers nord de Marseille. Ce footballeur prodige devient une icône de talent, mais aussi un modèle d'intégration et de réussite pour les enfants d'immigrés. À la même époque, le comique Jamel Debbouze se fait remarquer dans des sketchs courts diffusés sur Canal+, et Rachid Arhab présente le journal de 13 heures sur France 2. Début 1999, le comique, reçu dans le JT du journaliste, lui demande de présenter le journal en prononçant ces mots : « Bonjour, vous êtes sur France 2, je suis Rachid Arhab. Y'a un problème ? », pour souligner avec humour l'arrivée de la diversité dans les médias.
En 2000, Tonton du bled*, une chanson de rap qui dépeint les vacances en Algérie d'un enfant d'immigrés de la banlieue parisienne, met des mots fins sur ce qui est devenu une routine pour des milliers de Français, sans pour autant être mis en avant. Le slogan « Black blanc beur », vieux de dix ans, semble enfin correspondre à une réalité !*

Nous avons échappé au bug de l'an 2000 !

Le bug de l'an 2000

Je me mets à danser dès que retentissent les premières secondes de *Jackpotes 2000* du 113, m'imaginant fêter le passage au troisième millénaire dans un club de la capitale, comme dans le clip où « les trois quarts de la salle sont en Lacoste ». Cela pourrait aussi se faire dans une fête au milieu de la jungle, comme Jennifer Lopez dans *Waiting for Tonight*. Peine perdue : à 13 ans, je suis un peu jeune pour tout ça. J'aurai quand même la chance de voir la fin du compte à rebours de la tour Eiffel, suivi du plus spectaculaire feu d'artifice de la décennie. Quelle meilleure manière d'y mettre fin… Mais avant cela, l'année 1999 aura connu son lot de superstitions !

Lever de bouclier.

Le 11 août, l'éclipse totale du Soleil promet d'être celle du millénaire. Chacun est prié de se munir de lunettes de protection. Dans certaines villes, il faut faire plusieurs pharmacies et buralistes pour en trouver, car il y a pénurie ! Des guides spéciaux sont édités pour aider les Français à choisir leur lieu de vacances en fonction de sa proximité avec un point d'observation de l'éclipse. Des foules se déplacent ainsi dans le nord de la France, d'autres abandonnent leur voiture aux portes de Reims, l'un des sites les plus courus, pour se poster au pied de la cathédrale. Un peu partout, le temps semble se figer durant quelques secondes, les gens s'immobilisent dans les rues ou sortent sur leur balcon, les enfants sont perchés sur les épaules de leurs parents : le moment est historique !

Le 11 août, c'est aussi le jour où le créateur de mode et prophète autoproclamé Paco Rabanne a prévu la chute de la station Mir sur Paris. Amusée, je regarde au journal télévisé « L'apéritif des survivants », organisé par quelques joyeux lurons pour se moquer de lui. Ils font tomber du ciel… un berlingot d'adoucissant Mir.

Le bug de l'an 2000 ? « Une gigantesque arnaque de la World Company », dira monsieur Sylvestre dans « Les Guignols de l'info ». Presque ! Pour de nombreux systèmes informatiques non configurés pour le futur, 01/01/00 ne désigne pas l'année 2000, mais l'année… 1900 ! De quoi donner des sueurs froides à la quasi-totalité des entreprises françaises, toutes dotées d'au moins un ordinateur pour gérer leur comptabilité. Pendant les derniers mois de 1999, nous n'entendons parler que de ça. Le phénomène se transforme en peur panique d'un black-out complet… Comme pour nous prouver que nous ne maîtrisons pas encore toutes les avancées technologiques de l'époque.

Attention, derrière toi !

Le carton des séries américaines

*Le samedi soir, avant d'être le temps des sorties, est celui de la trilogie de séries ! Quant au dimanche soir, c'est le moment d'« Urgences ». Et tous les jours après le goûter, c'est « Friends ». Les séries américaines nous ont envahis pour notre plus grand plaisir. Durant plusieurs années, nous restons accros aux histoires de Rachel, Ross, Monica, Chandler, Joey et Phoebe se retrouvant au Central Perk, et chantonnons le générique (*I'll Be There for You*) à chaque nouvel épisode.*
Dans un autre registre, nous sommes aussi captivés par les histoires des trois sorcières de « Charmed », par « Jarod » le Caméléon, et par Buffy, la tueuse de vampires. Cette dernière combat chaque semaine des monstres aussi variés que des sorcières, des hyènes qui se sont emparées de l'esprit de lycéens, ou des démons vieux de plusieurs millénaires. Mais tout en conservant un quotidien de lycéenne normale... À ceci près que son amoureux est un vampire âgé de plusieurs centaines d'années ! Cette figure de femme forte bouleverse les clichés habituels des films d'épouvante, tout en gardant l'insouciance d'une fille de 16 ans. Car si les séries fantastiques ont le vent en poupe, c'est que tout est fait pour qu'on s'identifie à leurs personnages. Même les méchants éveillent notre intérêt : ainsi, dans un épisode, la prof de biologie se révèle être une mante religieuse géante. Or, qui n'a jamais rêvé de tuer son prof de bio ?

La fin de l'innocence

L'école ne cherche plus à produire des têtes bien pleines, mais des têtes bien faites. À un âge où nous cherchons tous à nous démarquer, nos professeurs eux-mêmes nous exhortent à avoir une personnalité. J'exprime la mienne essentiellement dans mes rédactions de français, systématiquement saluées par mes professeurs, faisant naître chez ma mère à la fois de la fierté – elle est ravie d'avoir enfanté une petite intellectuelle – et du désespoir, lorsqu'elle

Nous regardons en direct à la télé les attentats du 11 septembre.

tente de m'initier aux travaux manuels. Aucune activité extrascolaire autre que la lecture, que ce soit cours périscolaire, musique ou gym, ne trouve grâce à mes yeux. Je déteste la flûte tout autant que les cours d'EPS, sous leurs airs d'extraits du film *Save the Last Dance* où les filles enfilent leur plus beau justaucorps pour faire la roue.

Pourtant, un de ces cours périscolaires restera gravé dans ma mémoire. En séance d'arts plastiques, alors que, pour répondre à un exercice intitulé « Autoportrait », je confectionne un puzzle à partir d'une photo de moi, les États-Unis sont frappés de plein fouet. Nous sommes le 11 septembre 2001 : comme tout le monde, je regarde avec hébétement les tours jumelles du World Trade Center s'effondrer à la télévision. Jusque très tard dans la nuit, nous resterons vissés devant le poste rediffusant en boucle les images de ces attaques qui auront fait près de 3 000 morts.

Sur mon téléphone portable, les textos de mes copines me demandant si j'ai vu ce qui s'est passé à New York se multiplient, comme si personne n'y croyait vraiment. Les jours suivants, ma mère, comme beaucoup d'autres, fait la queue au kiosque pour rafler tous les journaux et magazines. *Le Parisien* titre « Le monde a peur », *Paris Match* annonce « La guerre » en gros titre, au-dessus des tours en feu. Je passe des heures à lire des interviews de témoins et de survivants. Les mots « terrorisme », « tragédie » et « guerre » feront partie de notre quotidien pendant plusieurs semaines.

Très vite, les États-Unis attaquent l'Afghanistan. Nous avons 14 ans et nous nous retrouvons plongés dans un tourbillon géopolitique qui nous dépasse. Nous apprenons à construire un raisonnement, à nous forger une opinion sur les événements malgré notre incompréhension. C'est la fin de l'innocence...

Devenir adulte

Baby rockeuse

Converse bleues lacées aux pieds, sac Eastpack vert sur le dos, c'est l'heure d'entrer au lycée. Avril Lavigne, la baby rockeuse ultralookée venue du Canada, fait bien du tort à notre garde-robe. Nous alternons jeans à pattes d'eph', toujours plus larges et plus artificiellement délavés, et pantacourts – toujours en jean – portés sur des collants en résille. Aux poignets, des guêtres rayées noir et blanc. Obsédée par les Converse – qui font un comeback « comme tous les dix ans », *dixit* le vendeur de la boutique – mais puriste, je grince des dents devant toutes les nouvelles couleurs. J'userai jusqu'à la corde mes bleues « comme celles que portait Kurt Cobain ».

Il est en effet de bon ton d'être fan de Nirvana, dont un best-of vient de sortir. C'est le début d'une ère de renouveau – du rock, du grunge, de plusieurs groupes quasiment enterrés. Nirvana, les Red Hot Chili Peppers et Offspring

Chronologie

1er janvier 2002
L'euro entre en vigueur.

23 février 2002
Ingrid Betancourt est enlevée en Colombie.

14 juillet 2002
Lors du défilé du 14 Juillet, un militant d'extrême droite tente de tirer sur Jacques Chirac.

20 mars 2003
Les premiers bombardements américains et britanniques sont effectués sur l'Irak.

9 avril 2003
Chute du régime de Saddam Hussein.

14 avril 2003
Après quinze années de recherches, le génome humain est entièrement décodé.

12 mai 2003
Le riff entêtant de *Seven Nation Army* des White Stripes envahit la France.

1er août 2003
À Vilnius, Bertrand Cantat tue Marie Trintignant par accident lors d'une dispute.

3 janvier 2004
Le crash d'un avion au large de Charm el-Cheikh fait 148 morts, dont 134 Français.

3 février 2004
Le réseau social The Facebook est lancé sur le campus de l'université de Harvard.

6 mai 2004
Le dernier épisode de la série « Friends » est diffusé aux États-Unis après dix saisons.

26 décembre 2004
Un séisme de magnitude 9 sur l'échelle de Richter est suivi d'une série de tsunamis meurtriers dans l'océan Indien, causant la mort de 250 000 personnes.

29 mai 2005
Les Français refusent le projet de Constitution européenne par référendum.

29 août 2005
L'ouragan Katrina touche les États-Unis et tue près de 1 900 personnes.

27 octobre 2005
Après la mort de deux jeunes, électrocutés dans un transformateur électrique à Clichy-sous-Bois, des émeutes éclatent dans plusieurs villes de France, notamment en banlieue.

1er décembre 2005
Six personnes accusées à tort de faits de pédophilie sont acquittées en appel au procès d'Outreau.

Jean large et Converse : l'uniforme des années lycée !

font un carton. Sommes-nous en 2002 ou en 1992 ? Le visage grêlé d'acné et les cheveux ultralissés tombant sur les yeux comme le veut la mode, nous faisons nos premiers pas dans la cour des grands.

C'est le cas de le dire ! Mon lycée, un ancien hôpital napoléonien, est gigantesque. J'y prends des cours d'arabe – une nouvelle façon de prouver mon originalité, sans doute – dans des salles de classe aux voûtes de pierre. Impressionnant ! Mais le cadre n'est pas tout. Nous passons un peu brutalement des classes tranquilles du collège (15 élèves) à des effectifs de 35 élèves par classe ! Perdue dans la masse, je passe des heures à rêvasser. Mes cahiers et mes classeurs se recouvrent des paroles des chansons de Tryo. Mon professeur de maths se désespère. Il faudra attendre l'année de première L, les poètes maudits et Franz Kafka pour que je m'intéresse à nouveau à l'école.

Avant d'avoir la mémoire qui flanche, offrons-nous une petite prise de conscience écologique !

L'éveil de la conscience verte

À Johannesburg (Afrique du Sud), Jacques Chirac lance un cri devant 60 000 personnes : « Notre maison brûle et nous regardons ailleurs. » Au sommet de la Terre de 2002, plus grand sommet jamais organisé par l'Onu, il est question de déforestation, de fragilité de la biodiversité, de fonte des glaces… Les statistiques alarmistes se succèdent. Pourtant, la protection de la planète est devenue une vraie préoccupation au cours des années précédentes. En France, la catastrophe écologique de la marée noire de l'Erika a marqué les esprits : nous ne sommes pas près d'oublier les centaines d'oiseaux mazoutés. Au quotidien, nous sommes désormais invités à agir autant que possible à notre échelle. Le tri des déchets s'impose et plus de 1 300 communes à travers le monde s'essaient à une journée sans voiture. Dans les supermarchés, sur les produits ménagers, on traque la petite étiquette représentant une main qui recouvre la planète, symbole de l'absence de gaz dangereux pour la couche d'ozone.
Mais s'il est bien une chose qui reste difficile à admettre, c'est la nécessité de faire baisser notre consommation d'électricité et de piles dévorées par nos consoles de jeux et autres appareils !

L'Europe dans le porte-monnaie

Quelques mois avant le passage à la monnaie unique, je vais à la banque pour échanger tous mes vieux francs contre des euros neufs. Nous sommes nombreux à agir de la sorte, et à zieuter les pièces or et argent dans les mains de ceux qui sortent.

En Grèce, on abandonne la drachme, la plus vieille monnaie du monde. On nous parle de pièces vaticanes d'une valeur inestimable et les collectionneurs se frottent les mains. Des convertisseurs de monnaie sont distribués gratuitement. À chaque nouvel euro reçu, j'essaye de comprendre de quel pays il vient. L'occasion, pour ma mère, de m'apprendre les symboles nationaux de nos voisins européens.

C'est l'excitation qui prime : nous sommes heureux de partager nos deniers avec 300 millions d'Européens. Plus que jamais, jeune adolescente que je suis, je me sens européenne et plus seulement française. À l'époque, cinq pays supplémentaires entrent dans l'espace Schengen, qui en comptait dix. Je m'imagine déjà en Allemagne, échanger mes pièces à l'effigie de Marianne contre celles représentant la porte de Brandebourg.

Outre tout ce qui se dit sur l'inévitable flambée des prix, l'Union européenne et sa monnaie unique sont surtout, pour nous, une grande et joyeuse communauté, un partage des cultures, une émulation.

Une dernière photo de famille.

Libre !

Selon les options choisies, il nous arrive d'avoir quatre heures de permanence entre deux cours. Libres de nos mouvements, nous partons alors à l'assaut du centre-ville. Juste après le versement de notre argent de poche hebdomadaire, c'est virée cinéma au UGC Ciné Cité pour voir *Gangs of New York* ou *8 Mile*. Entre filles, nous pouvons passer des heures au H&M de la ville – et uniquement au H&M –, où nous essayons des tenues improbables, imprimées, pailletées, colorées… Nous comptons dix fois nos pièces de 20 centimes pour être sûres d'avoir de quoi acheter un miroir de poche Snoopy ou des accessoires pour les cheveux. Parfois, nous nous installons simplement dans le troquet à côté du bahut, où nous commandons un seul café de toute l'après-midi.

Le vendredi, c'est enfin le temps des premières soirées et de la découverte de l'alcool. Annonçant innocemment « Je dors chez une copine / un copain », nous nous retrouvons enfin, garçons et filles, sans chaperon. Et il est bien loin, le temps des flirts innocents ! Les couples se font rapidement… pour se défaire aussi vite, le lendemain matin. Mais pour nos histoires interdites, les voyages scolaires restent les meilleurs moments. Dans nos familles d'accueil ou dans des auberges de jeunesse, nous faisons les 400 coups sans avoir à cacher aux parents la robe trop courte, le maquillage à la truelle et la gueule de bois évidente le lendemain matin…

Les voyages scolaires sont aussi l'occasion de porter n'importe quoi, apparemment.

La France dit fermement non à l'extrême droite !

2002, le choc

Jacques Chirac ou Lionel Jospin ? La présidentielle de 2002, « courue d'avance » et qui affiche un nombre de candidats record (seize !), n'intéresse pas les électeurs. Mais le 21 avril, c'est le choc : pour la première fois en France, l'extrême droite arrive au second tour d'une élection présidentielle. Lionel Jospin, qui incarne un socialisme perçu comme un peu mou, n'atteint que la troisième place et annonce son retrait de la vie politique. Le visage de Jean-Marie Le Pen, le front affublé d'un « Non » en larges lettres noires, fait la une de Libération.
Partout en France, des manifestations éclatent. Les urnes parleront : Jacques Chirac est réélu pour un deuxième mandat avec plus de 82 % des voix. Mais il y aura désormais un avant et un après 21 avril 2002.

No life

Dans les couloirs du lycée, « T'as MSN ? » est devenue une tactique d'approche très courante entre les ados mal dans leur peau que nous sommes. Ah, MSN, ce logiciel de messagerie instantanée qui nous permet de discuter en direct avec nos amis le soir en rentrant de l'école... Les discussions y volent parfois très haut et toujours en langage SMS, ne ressemblant ni de près, ni de loin à du français. Pour « G tro lolé », comprendre « J'ai beaucoup ri » et pour « Je kiffe », « J'aime ». En l'espace de quelques années, Internet, qu'on payait encore récemment à l'heure, a radicalement changé notre quotidien.

Désormais, en rentrant du lycée, je commence par jouer une bonne heure aux Sims, ce jeu de simulation où il s'agit de gérer le quotidien d'une famille, de la construction d'une maison à la réussite de la carrière de chacun en passant par les bébés. Après le dîner, je commence mes devoirs avec un œil sur MSN, sur lequel je peux rester connectée jusque tard dans la nuit. J'ai toujours une fenêtre ouverte pour mes meilleures copines, avec lesquelles nous organisons de nombreuses conférences sur les événements de la journée au lycée, le maquillage de Julie ou le devoir de maths à faire pour le lendemain. La soirée est rythmée par les « Tututut ! » annonçant l'arrivée de nouveaux messages.

Et quand un garçon qui m'intéresse se connecte, branle-bas de combat pour décider si je lui « parle » ou non. Chaque phrase échangée est alors décortiquée avec les copines dans la fenêtre d'à côté. Quand ma mère passe près de l'ordinateur, elle me voit taper sur le clavier aussi vite qu'un greffier professionnel. Impossible de me décoller de l'écran, pas question de sortir. Nous sommes devenus de vrais *no life*.

Légère obsession pour Fanny Ardant.

La nouvelle chanson française

Ils sont souvent jeunes, mais pas forcément rebelles. Ils chantent parfois avec flegme, comme le faisaient leurs auteurs de référence Brassens ou Gainsbourg. D'autres préfèrent la poésie, comme Benjamin Biolay. Certains sont des bêtes de scène, dont les places de concert s'arrachent : l'incontournable M est de ceux-là. Et puis il y a ceux qui chantent les petits tourments du quotidien et qui nous font sourire à chaque parole, comme Bénabar. Le début des années 2000 voit le retour en force de la chanson française à texte : une nouvelle vague de chanteurs s'empare des ondes et fait un carton.

On va au lycée en fredonnant Caravane *de Raphaël, premier des ventes, ou en chantant à tue-tête* Ta douleur *de Camille. On aime aussi danser sur* Respire *de Mickey 3D, même si « tu vas pas mourir de rire » en l'écoutant. On se moque du timbre de voix de Vincent Delerm, qui chante que « les filles de 1973 ont trente ans » comme s'il dictait le monologue d'une tragédie. Ou on chante joyeusement : « Je crois que je ne t'aime plus. / Elle a jeté ça hier, entre le fromage et le dessert », une chanson de Cali, si vive qu'on en oublierait presque combien ses paroles sont cruelles…*

En Irak, le régime de Saddam Hussein est renversé.

Révoltée !

« Tu as suivi les événements à Bagdad hier ? » Un matin de fin d'année scolaire, en plein devoir surveillé, deux professeurs discutent à voix basse de ce qui nous tient tous en haleine depuis des mois. En Irak, l'impensable vient de se produire : le régime de Saddam Hussein a été renversé.

Les premières manifs : un combat… et une fête !

Les journaux télévisés diffusent des scènes de joie où des civils dansent et déchirent des portraits du dictateur déchu. Quelques mois plus tôt, les forces militaires américaines ont attaqué le pays sous l'œil désapprobateur de la communauté internationale. Le gouvernement américain a affirmé pouvoir prouver que l'Irak détenait des armes de destruction massive, et lancé une offensive « préventive » dans le cadre de sa guerre contre le terrorisme, sans obtenir l'aval du Conseil de sécurité de l'Onu. La France refuse de s'engager dans le conflit et les médias parlent sans ambages de guerre du pétrole, créant des tensions entre les deux pays. À la télé, « Le Contre-Journal », sur Canal+, dénonce la guerre tous les soirs.

C'est à la même époque que je découvre, dans le clip *Walk On* de U2, sur le t-shirt du chanteur Bono, la prisonnière d'opinion birmane Aung San Suu Kyi, à qui la chanson est dédiée. En classe, les professeurs nous parlent d'« Arrêt sur images », une émission de décryptage sur France 5. Après la surabondance d'informations que nous avons eu jusqu'à présent l'habitude de connaître, tout semble désormais fait pour nous aider à forger nos opinions.

Lendemain de fête ?

Entre copines, des idées germent dans nos têtes, favorisées par l'actualité. C'est sûr : journaliste, humanitaire ou diplomate nous serons !

À cette même époque, nous faisons nos premières manifs. Nos premiers blocages de lycée, aussi. La loi Fillon, du nom du ministre de l'Éducation, prévoit de supprimer les travaux personnels encadrés (TPE), une épreuve du bac censée nous initier à la recherche dès l'année de première, et de réformer ce vieux mammouth de baccalauréat. Pour nous, qui jouons les désabusés, les discours officiels ne cachent que des restrictions budgétaires dont nous ferons les frais.

Le mouvement lycéen dure plusieurs mois et certaines manifestations se transforment en violents affrontements entre jeunes et forces de police. La réforme du bac est vite abandonnée mais le reste de la loi est adopté, laissant un goût amer à des centaines de milliers de lycéens révoltés. Comme n'importe quel ado de mon âge, je m'insurge contre à peu près tout et me sens « hyper » investie dans tous les combats. Et quand ma mère sous-entend que les manifs servent surtout à sécher les cours, je réponds, indignée : « Trop pas ! »

État d'urgence

À l'automne 2005, l'actualité va à nouveau nous bousculer. À Clichy-sous-Bois, des violences éclatent après la mort de deux jeunes, électrocutés dans un transformateur où ils s'étaient réfugiés pour échapper à la police. Ces émeutes gagnent bientôt plusieurs centaines de villes de France. Elles font éclater au jour une jeunesse principalement banlieusarde qui se sent oubliée et discriminée. Le 8 novembre 2005, après douze jours de violences urbaines, l'état d'urgence est décrété. Pour la première fois depuis la guerre d'Algérie, certaines villes instaurent un couvre-feu.

La politique de « tolérance zéro » menée par Nicolas Sarkozy, alors ministre de l'Intérieur, fait polémique. Ses petites phrases à base de « Kärcher » et de « racaille » sont reprises par tous les médias. Dans les villes concernées, c'est surtout le désœuvrement qui est mis en avant. Au journal télévisé, tous les soirs, les médiateurs et les membres des associations locales égrènent : manque de logement, manque de travail, manque de perspectives d'avenir… À Clichy-sous-Bois, il n'y a ni piscine, ni cinéma. Le bilan des trois semaines de violence est important : près de 10 000 véhicules ont été incendiés, les dégâts se chiffrent à plusieurs centaines de millions d'euros. La situation s'apaisera d'elle-même, et une série de mesures sera annoncée par le gouvernement pour lutter contre l'exclusion sociale ressentie dans les banlieues…

Pendant douze jours, les villes de banlieue s'embrasent.

Erasmus : le rêve de toute une génération.

À 18 ans, je quitte ma province

Au cinéma, Tanguy vit encore chez ses parents à 28 ans. Les médias y décèlent un nouveau phénomène qui donne de sacrées sueurs froides à nos parents.

Mais pas d'inquiétude : même si nous ne sommes que lycéens, notre unique rêve est de partir le plus tôt possible. Et pas seulement de chez nos parents, mais aussi de France ! Notre objectif est d'aller étudier à l'étranger grâce au programme Erasmus, comme dans le film *L'Auberge espagnole*. Les soirées dans les bodegas, la colocation avec des jeunes venus de toute l'Europe, la fac de Barcelone, la liberté… C'est le film de notre génération !

Mais si Tanguy reste si longtemps chez ses parents, c'est que pour nous, ce sera plus difficile que pour eux de trouver un travail stable. Nous faisons partie des premiers à qui l'on répète que suivre de longues études et accumuler les diplômes n'assure plus de trouver un CDI. C'est comme qui dirait la désillusion.

18 ans : Paris, me voilà !

Le chômage, que l'on a vu augmenter durant toutes ces années, nous concernera bientôt... En 2005, c'est le cas de 9 % des jeunes. Peu pressés d'entrer dans la vie active, nous envisageons tous des études longues faites de voyages à l'étranger et de cours de fac à la carte. Oui à la philo, à la littérature et à l'histoire de l'art ! Non à l'école de commerce ! Il ne s'agit plus de trouver une carrière, mais de se trouver soi. Pour moi, le choix est fait depuis longtemps : à la rentrée, je fréquenterai les bancs plusieurs fois centenaires de la Sorbonne, conformément à mes rêves de petite fille, pour y étudier la littérature. Paris, me voilà !

Tanguy, le cauchemar de nos parents.

Souvenez-vous de vos **premières années...**

Nous, les enfants de...

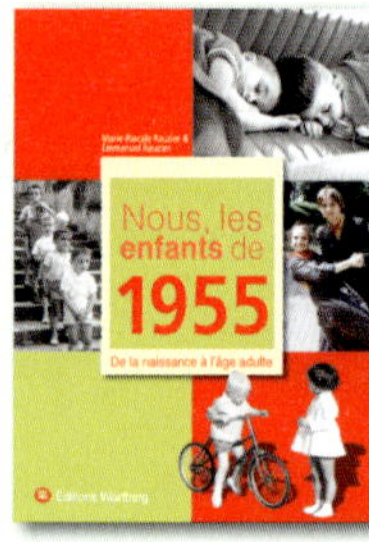

68 titres, **de 1923 à 1990**, sont **déjà disponibles !**

Grandir à... / Notre enfance

Retrouvez la région ou **la ville** qui vous a vu grandir.

Souvenirs d'enfance

Revivez l'ambiance des années **1950 et 1960** en France !

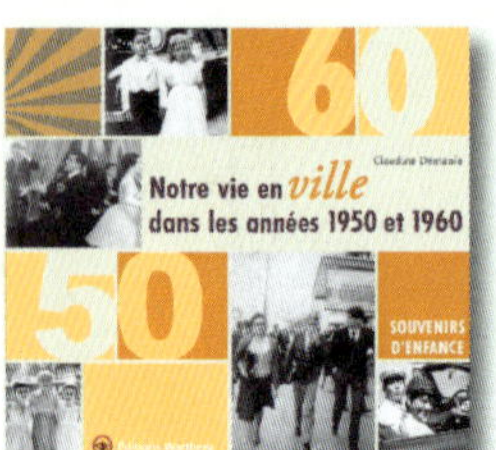

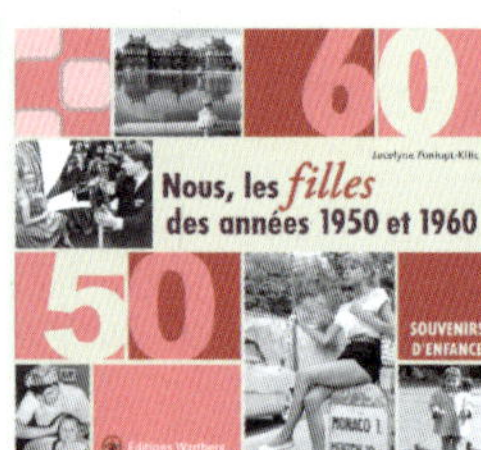

De nombreux autres titres sont en préparation.
Pour plus d'informations, retrouvez-nous sur notre site : www.editions-wartberg.com

Éditions Wartberg
40, rue de l'Échiquier
75010 Paris

Diffusion – Distribution SOFEDIS
11, rue Soufflot,
75005 Paris
Tél. 01.53.10.25.25, Fax 01.53.10.25.26